松崎義行

poem-piece

幸せは搾取されない

序詞

古い木の机で
新しいあなたに
手紙を書いている

気づくと
木の机が
勝手に手紙に関与してきている

書きたいことが
知らない思い出の上を
歩いて行く

通ったことのない森の中の道を
明るく輝く雲に平行に歩いて行く
枯草の積もった足元の地面が
心地いい

私は
木の机が何を思っているのか
先回りして
手紙に関与するのを
食い止めようと試みてみた

だがそれはできないことだった
木の机のことを考えると
あろうことか
自分の計画のことを
すっかり忘れてしまうのだった

まえがき

心の傷を治す本『10秒の詩《し》』—第4類医薬品—を出版してから3年が経った。この間《かん》、読者から「買いました」「とてもよかった」などというあたたかい声をいただき、そのたびに感謝をお伝えしている。

10秒の詩はすきまの時間に気軽に読める詩だ。この小さい詩が、心の奥の懐かしい場所を旅するきっかけになれば、傷を治すこともできるだろう。そう思い、こつこつ手探りで作り続けた。

上村奈央さんのイラストを得て出版された『10秒の詩』は、その後も地道に、途切れることなく思わぬ場所で読者と出会っている。

今回の新刊は、前作を、一歩すすめた本になればと企画した。

3年という歳月は様々な変化をもたらす。

10秒の詩は2013年に『ここは花の島』という本になっているが、これは東日本大震災後の「心の」復興のために、福島の花作家と写真家から「花に詩をつけて毎日ネットにアップしたい」という依頼があり、毎日書いて約1年間連載したものだ。(この花作家と写真家も今は袂を分かち、一緒に活動することはなくなった)。

そこから「ここは花の島」(谷川賢作・作曲)と「自分らしさを咲かせて」(トリ音・作曲)という歌も生まれ、歌われている。

生まれた作品は、作者の知らないところで、新しい出会いを続け、たまに寅さんのハガキのように自分勝手な近況を伝えてくる。

今回の本は、その、作品たちが津々浦々で出会った、作者は直接会ったことがない人たちへの手紙のようなものだ。縁ある人だから、かしこまった本ではなく、肩肘張らないコミュニケーションを図りたいと思った。

本はただ真面目なものではなく、権威でもない、と私は思う。遠くに居て寄り添い、近くから語りかけ、語らずして語り、辛く当たっても怒らない友人のようなものだ。

読者のあなたがこの本をどう思ってくださるか、本の向こうで私は胸をときめかせている。

松崎義行

もくじ

序詞……3
まえがき……8
1　ここで生きる……15
「めえめえ子ヤギ」……16
「はなびら」1……20
2……23
2　十秒の詩……27
memory of life……30
believe in yourself……40
imagined scenery……46
everyday living……53
a girl's mind……65
laugh……71
love is blind……77

3　道しるべ……83
迷い（LABYRINTH）……86
戸惑い（CONFUSION）……90
「幸せは搾取されない」……94
命（LIFE）……98
調和（HARMONY）……105

4　十秒の未来……111
SONGS……114
おまけ……121
あとがき……138

1　ここで生きる

めえめえ子ヤギ

気分が冴えない曇り空
湿った空の崖っぷち

私

どこまでも歩いていく
（のはなぜだろう）
雷鳴を連れ立ち
歩けば泥が跳ね
草の背丈を越えていく

さあたったいま何を思い出そう

古い歌はもう分解されて
風の音にしか聞こえてきやしない

リズムは時間と一緒に
子ヤギの心も刻んでいくじゃないか

反芻《はんすう》動物は
空と野原と海の上下関係を逆転させるから
そのせいで
左折しても左折しても右折になってしまい
いくらがんばってみても

結局なにもかも　もとの木阿彌《もくあみ》だ
騙《だま》され上手のあいつに
騙され方を
習いに行くべきときがきたのかもしれない

あ、ＵＦＯ

＊のどかな風景だが、そこに目に見えない危険が
隠されているかもしれない。たとえば放射能。
人はどう対処したらいいのかわからない。
風景にＵＦＯでも配して、
自分の気をそらすしか救いがない？

はなびら

1

見ると
手のひらがつるつるで
光っている

手の甲も指もしわだらけなのに
手のひらは
咲いたばかりの花のよう

風は光もはじく

つかみたいものは
何かあっただろうか
はなびらは
言葉を持たない

言葉が鎮まった世界で
血潮をためて息づいて
中空で誘っている

2

とはいっても
言葉はとなり（の家の建屋）で暮らしている
人見知りな性格のせいで
変人と思われている

いとあわれなり
いとをかし

おひさまの下の言葉は
気持ちよさそうだ
こちらまで
きもちよくなってくる

そう
そして当然
言葉はもう蒸発して
天に昇っていくところ

＊言葉は身近すぎて、理屈っぽいところもあり、どう付き合うかが難しい。TPOで着替えることも必要だし、災も福もつれてくる。言葉をうまく育てれば、役に立つ道具だと驚くことも多いだろうが、一筋縄ではいかない。

「十秒の詩」は、
10秒で読める
短い詩。
飛び石を渡るように
いつか見た風景の中へと
いい旅ができますように。

2　十秒の詩　47篇

夢に向かって進んでいたら
邪魔するものが現れた
最初に現れたのは　自分
最後に現れたのも　自分

memory of life

春を待っていたひと
春が来たら何を待つ？

クレヨンでは描けないものがあるよ　と
あの子に教えた　したり顔の自分の顔を
クレヨンで塗りつぶしたい　春の宵

森の奥へ緑の車が消えていく
何をしにいくのだろう
いつ戻ってくるのだろう
今も気になっている幼い日の記憶

海に靄《もや》がかかって
水平線がぼんやりと消えてゆく
目を閉じてあなたの顔を
もっとはっきり見よう

上手く生きていけるようになったら
一番大事なことでも
忘れてしまっていいですか

みんなで力を合わせて作ったものは
絆のように
みんなの心の中に
ずっと残っている

私の手を包んでくれた
あなたの手
私の手が　おぼえている
あなたの
冷たい手の温かさ

あやまりたいひとは
最初からゆるしてくれていた
ごめんなさい
ごめんなさい　ありがとう

思い出の宝箱を開けるだけでも
あなたと豊かな時間を過ごせるけれど
きょうは新しい場所に行きましょう
箱には入りきらないほどの
思い出をまたつくろうよ

believe in yourself

悩みに悩んで決めたこと
自信をもってやればいい
あなたがあなたの味方をするから

「まわりは気にせず
好きなことしていいんだよ」と
まわりを気にして言っている自分に
NGを出して
もっと大きな声で言い直す

自分に向かって
言い訳をするのはもうやめませんか
誰もきいていないのだから
臆病なあなた以外は

やさしい気持ちであなたを思うと
あなたの気持ちがよくわかる
でも　よくわかったあとで　また
普段の気持ちにもどしましょう

泣いたら
いずれ心は晴れてゆく
忘れたら
すぐに心は軽くなっていく

imagined scenery

朝焼けの空を見ながら
途方に暮れていた日々
途方に暮れながら
夕焼けを見ていた日々
忘れられない日々

あなたは夏の傘をさして
陽炎の坂をのぼっていく
私は秋の靴を履いて
鉄道《てっと》の揺れる箱の中

声をたてると
消えてなくなってしまいそうな物語が
やってきている
またいつか　やってきますか
いま　消えてしまっても

空は　これでもか　というほど雪を降らせ
やがて　その雪を解《と》かそうとする
私は　春が来たら
春を待つ心を解かして海へと流します

あなたのなかに
むかしのあなたがいて
私はたまに
そのひとに語りかけている

思いすぎて　もう飽きてしまった
でもきっと
また思うでしょう
そんなことを　思っている

everyday living

「知らない人についていっては
いけません」と言われ
人を疑うことが正しいことだと知ったのは
天気雨が上がった　蒸し暑い午後

いけないことをつい考えてしまうのは
心に悪魔を飼っているからであるが
小さな悪魔はやはり意外とかわいいものだ

毒にも薬にもなる言葉をくれて
恨みを込めてありがとう

国境線に咲いた花が
激しく揺れている
怒っているのではない
ただ風が吹いただけ

美しいものばかりを見せようとするあなた
美しいものばかりだと落ち着かない私
美しくないものの中に
美しいものが見つけられるか
美しさに背を向けて美しくないものを見る

曲がったことが大嫌いだと
昔は言っていたけれど
今は曲がった人の気持ちも
分かるようになりました

人を幸せにしようとして
不幸せにしてしまうことがあるが
それでも幸せにしたいと思いつづけている

さわやかな顔をして朝がやってくる
夜の闇はもうここにはいない
人びとは　胸の中に残された闇を
深呼吸して入れ替えてしまう

欲にぼけた人も
やさしくつつんでいやしましょう
ひとでなしのキミも
こころやすらぐこの場所へどうぞ

言わずじまいだった言葉を
奥のほうから取り出して　ながめている
自分のためにあった言葉だった　と
今ごろ　やっと　気づきながら

思ったことが
かなえられていく
涙が
柔らかい線を引いていくように

a girl's mind

ひとつ　としうえの　ひと
わたしは　ひとつ　としした
あなたが　ないているから
わたしは　わらってみせる

三つ編みしてくれたお礼に
三つ編みし返した
いまは　自分で梳《と》かすだけ

同じ話を繰り返し聞かせてくれた祖母が
しゃべらなくなって
今度は私が
「あのお話を聞かせて」と
話のあらすじを教えている

「この魔法の杖は
悪者の手に渡ると大変なことになりますよ」と
やさしい顔のおばさんに脅されて
飛び起きた

「女の子と男の子
どちらに生まれたら良かったか」
友だちと大激論して
回りながら歩いていく女の子

laugh

俺だけでも元気に笑っていよう
そのうちみんなも笑うだろう
そのうち腹から笑うだろう

花嫁より歳上のはとこは
披露宴に真っ赤な振り袖姿で現れ
都はるみを熱唱した

お祝いします！
孤独なあなたにきょうの日があることを
贈り物も特別な詞《ことば》もありません
ただあなたの前で賑やかに騒ぎましょう

天女か　モンスターか　かぐや姫の再来か
花も盛りの3人組はロケットの打ち上げに夢中
やはり空が恋しいのか
飛んでいったら　帰ってくるなよ！

またまたしゃしゃり出ましたあの合唱隊
わがまま勝手に何を唄うのか
あれきょうはお喋りばかり？
でもたまに声を揃えちゃうあたりが流石です！

love is blind

キャンドルが消える瞬間に
あなたは私だけに合図した
一瞬だけ表情を変えて
暗がりに消えて行くとき

秘密が小さな渦を作って
くるくる回っている
私も小さく目を回す

信じるために
疑うことをおぼえたひとを
せめるのはやめにして
後ろからキスをした

「あなたとは合いそうにないわ」
軽く笑みを浮かべて彼女はいう
その顔も瞳も指先もつま先も
すべてが私の方を向いているのに

あなたの好きな人の手は冷たいよ
熱を出したあなたに
ひんやりとキモチいい

3　道しるべ　19篇

近づくと見えなくなるもの
遠ざかると見えなくなるもの
両方見るために
あなたは近づいたり遠ざかったり

自分の笑顔が強い味方になると気づいていても
つい表情は曇ってしまう
それでも大丈夫だよ
きみはきみが思うより
ずっと強くなっているから

迷い（LABYRINTH）

坂を駆け下りたの
青空に雲が流れ石の柱の影で猫が鳴いてた
私は何かから逃げてきたみたい

長い間　声を聞いていないことが
不自然に思えてくる
それなのに電話しない
不自然とにらめっこばかり

緑の森の中を歩いていたら
迷子になってしまいます
いつもの自分が　どこかに消えてしまう
森の出口でまた出会えますけれど

戸惑い（CONFUSION）

コツコツと貯めてきたぁなたの大事なお金を
私はボタン一つで送金してしまいました
あなたは穏やかに私を見つめ　励ますだけ
ねえ嘘でもいいから叱ってよ

あなたからのプレゼント
大切にしまっておきたいけれど
つい見せびらかしてしまう
自慢するもののない私だから

欲ばりさんは　かわいそう
大事なものほどよく失くし
いらないものに　溺れてる

幸せは搾取されない

幸せは搾取されない
搾取されることはない

いい加減なその辺の粗野《アレノ》に
足を放り投げたまま好きに歩いて行け
きみの幸せは搾取されることはない
だから奪われても奪い返す必要がない

日が巡るだけで書き換えられては開帳される
一枚の刷物《スリモノ》が隠された地平線まで
広げられていく

私もきみも誰も彼《か》も幸せは搾取されない
搾取されてもいつもすでに補うもので
満ちあふれている
コップについた水滴を拭うときに弾け散った
指に絡んだ川の記憶が接続されチャージされる
きみの幸せは搾取されることはない

幸せはきみが知らないところで
もう保障されている
きみの幸せは搾取することができない

だからたときみの命が奪《うば》われたとしても
きみの幸せは無傷のままきみを見るだろう
それは確かだと私は約束できる

それは私が約束できる
絶対それは私が約束できる
いま
約束する

命（ＬＩＦＥ）

祈りから生まれた命
あの人が引き受け守ってきた命
星の川に放たれた命
それを見て暮れていく私も命

すべり台でうまく滑るのは
重さのあるものばかり
星の光が耳うちしてくれました

暗い宙《そら》に打ち上げられた花火が
地上を明るく照らします
広がっていく炎が
瞳の中で輪を描いて消えました

私はあなたに名前をつけたい
その名を呼ぶ一瞬だけでも
あなたを独占したいから

いなくなった
あなたのしあわせをいのります　と
お日さまに約束した
めずらしく雲一つない風の強い日

カメラの前に立って！
はい、笑って！
そう言って
笑い終わった時にいつもシャッターを切る

調和（HARMONY）

きょうの空の色は何色だろう
それにあわせて
着ていく服を選ぶのが私流

よく頑張ったこと
みんなが知っている
あなたも知っているでしょう
あなたがよく頑張ったこと

心が穏やかだったら
足踏みしてリズムを刻んでみよう
あとは
前に倒れ込めばその力で歩いてゆける

ミルクティーおかわりして
きょうはずっとここにいます
寒い冬より先に
あたたかいあなたが来るように
お祈りして

4　十秒の未来　7篇

椅子を引きましょう
さあおかけください
どうぞお召し上がりください
自分で自分を招待した
とある記念日のランチ

音楽が忘れていた記憶に吹いている
記憶のほつれ糸がたなびいて
心が落ち着きなく見つめている

S O N G S

＊ここにある
5つの詩を
歌にしました
ダウンロードして
ご鑑賞ください

「幸せは搾取されない」購入特典ページ
http://poempiece.com/gift/shiawasehasakushusarenai

海の色は空の青を映してる
あなたの瞳の空を
いつもさえぎる私

時間を逆回しすれば
あなたと会える
もう一度逆回しすると
独りぼっちになる

くちびる
ひらくと　みえる
わたしの中身
くちびる
つなぐと　まざる
あなたとわたし

眠ってるあなたが
呼吸するリズム
果てしない青空で
迷子になる私

なにを
握りしめてるの？
透明な
切符かな

おまけ

いじわるなきりん

いじわるなきりんは
とおせんぼ
ことりがとおる
そらのみち

いじわるなきりんは
のぞいてる
こいびとたちの

ランデブー

いじわるなきりんは
みはってる
しゃっきんとりの
みかたして

いじわるなきりんは
ぬがせたい
チーターがきてる
にてるふく

じぶんは　ひとり

ともだちは
じぶんではありません

じぶんのなかに
ともだちが
いるようなきがしても
ともだちはじぶんではありません

ともだちのゆめをみても
ともだちのきもちがわかっても
ともだちとじぶんが
くっついてうでずもうしていても
ともだちとじぶんは
わかれている
べつべつのにんげんです

もし
ともだちと　じぶんのからだが
いれかわって

こころが
そのことにきがつかなくても
じぶんはじぶんだけ
ひとりです

じぶんがひとりであることは
すてきなことです

ふたりがともだちであるのと
おなじくらい
すてきなことです

みらいのともだち

ともだちが
そのともだちの
そのまたともだちの
うわさばなしをしている

うわさばはなしを
されているのは
ぼくがあったことがない

ともだちのともだちのともだち
ともだちのともだちにも
あったことがないから
ともだちのともだちと
ともだちのともだちのともだちとでは
どちらがいいともだちになれそうかは
わからない

だけどきっと
ともだちのともだちや

ともだちのともだちのともだちなら
きっとともだちになれるだろう

ともだちはいいもんだ
ぼくはむねがあつくなる
あったことがないともだちのことを
かんがえると
きっと
あったことがないともだちも
あったことがないぼくにあいたがっている

かぜのうわさでつたえてよ
ぼくのうわさばなしを
ついでに
だれもしらないみらいのともだちに

きれいなこころを　つむひとに

きれいなおはなを
つむひとが
きれいなこころも
つんでいた

きれいなこころを
つまれたひとは
かれたじんせい

おくってた

きれいなこころを
そだてるひとに
きれいなこころが
あふれだす

きれいなこころを
つまれたひとに
きれいなこころを
あげました

なにもなくても

なにもなくても
しあわせです
なにもないから
しあわせです
いいえ
ほんとうは
すこしだけあるから
しあわせです

そのすこしだけで
みたされるから
しあわせです
いいえ
ほんとうは
みたされないときも
しあわせです
からっぽがあって
しあわせです
いいえ
ほんとうは

からっぽを
そらにむけているから
しあわせです
あめのしずくも
そらのあおいろも
いれられるから
しあわせです
いいえ
ゆめもやさしさも
からっぽのなかにならいれられるから

しあわせです
いいえ
いれたものをだすのも
じゆうだから
そんなじゆうが
あって
しあわせです

ゴロニャンと甘えられる人がいれば
この世は幸せ

あとがき

幸せはデリケートなものだ。壊れやすく見失いやすい。

幻のベールを被《かぶ》っているときもある。

大きな幸せもあれば、小さな幸せもある。

ありふれたものもあれば、珍しいものもある。

気づかない幸せというのも、実はとても多いのではないか。

私は、幸せの種を見つけて配りたいといつも思っている。それが詩人の役割ではないか。

だから、小さいサイズの詩を、このような小さな詩集に詰めて出せることがとてもうれしい。ここに至るまで、いろんなかたちで応援してくださった方々、ありがとうございます！

読者諸兄が、自分に合ったいろんな幸せに出会えますように。

著者

知っていますか
あなたが駆けだせば
そこにひとつの
風が生まれるということを

（処女詩集『童女M』一九七八・新風舎）

詩、作詞、選評
松崎義行
まつざき・よしゆき

1964年東京・吉祥寺生まれ。父は経営者、母は主婦。
8歳で谷川俊太郎の作品に出会い衝撃を受け、すぐさま
それを盗作し書き写して本の形にする。内向的な半面ひとを
驚かしたりふざけたりするのが好きだった。仕事のように
友達と付き合う。小学時代はブサイクな自分は結婚できないと
危機感をいだき続ける。早熟な男子で中1から遠距離恋愛。
雑誌、ラジオの投稿にハマり高校1年のときに入賞作品を
集めて処女詩集を上梓、書店でも販売しそれをきっかけに
出版事業を始める。それから27年後の2008年に出版社が
経営破綻。その結果多くの人に迷惑や苦しみを与える。
破産して無一文となった時に詩の同人組織oblaat設立、
顕微鏡で読むガラスの詩集や、詩の電光掲示板「ポエツリー」
などを制作、SUPPORT YOUR LOCAL POETと題して
朗読会のシリーズを実施。2011年、中国の詩人との交流から
北京大学に留学。泣きながら過ごしたが第2のふるさとを得る。
2012年、東日本大震災後の「心の復興」を目的に福島で活動。
「ここは花の島」(合唱曲＝谷川賢作作曲、写真詩集)、
「自分らしさを咲かせて」(トリ音／作曲・歌)をリリース。
2014年、みちるのペンネームで
「心の傷を治す本・10秒の詩」を出版。
2016年より札幌ポエムファクトリーの指導員を務める。

この本の制作に直接、
間接に関わってくださったみなさまに謝意を表します

また下記の書籍・楽曲制作の関係各位にお礼申し上げます

「童女 M」「夢を100万回かなえる方法」新風舎
「ここは花の島」IBCパブリッシング
「心の傷を治す本・10秒の詩」ポエムピース
「ここは花の島・合唱曲」作曲　谷川賢作
「自分らしさを咲かせて」ミニアルバム　作曲/歌　トリ音
「まってるきもち」アルバム　Mitsuyo、川口卓也、他

Special Thanks To
谷川俊太郎、覚和歌子、谷川賢作、岸田敏志、柳瀬登、金井直、
吉野弘、田村隆一、吉増剛造、秋村宏、荒川洋治、森谷愛子、
橋本和弥、島田潤一郎、田原、駱英、やなせたかし、松田朋春、
高橋美奈、田中英子、松岡美保、有馬友恵、永方佑樹、御徒町凧、
川口恵子、石関善治郎、平岡淳子、樋口良澄、秋亜綺羅、
チョウイーセン、古川奈央、佐賀のり子、葛原りょう、兎ゆう、
上野滋男、松井勝美、末松光城、岡崎武志、堀川さゆり
(敬称略,鬼籍に入られた方も一緒に記させていただきました)

企画協力　Jディスカヴァー

楽曲制作

Produced, Arranged & Composed by 川口卓也

Vocal：Mitsuyo

Drums, Percussions & Synthesizer：川口卓也

Piano & Theremin：トリ音

Wood Bass：大坪寛彦

Electric Bass：菊池透

Cello：長谷川晶子

Recorded by 平野栄二 at Studio Happiness

Mixed & Mastered by 川口卓也

『幸《しあわ》せは搾取《さくしゅ》されない』／著者　松崎義行《まつざきよしゆき》／2019年1月15日　初版第1刷　発行／発行　ポエムピース　東京都杉並区高円寺南 4-26-5 YSビル3F　〒166-0003 TEL03-5913-9172　FAX03-5913-8011／デザイン　寄藤文平＋鈴木千佳子／編集　川口光代／印刷・製本　株式会社上野印刷所／© MATSUZAKI Yoshiyuki／ISBN 978-4-908827-48-8　C0095　Printed in JAPAN